Vente du Mercredi 23 Janvier 1884

HOTEL DROUOT, SALLE Nº 8.

BEAUX DIAMANTS

OBJETS D'ART

ET DE

CURIOSITÉ

BELLES TAPISSERIES GOTHIQUES

ÉTOFFES — TAPIS

EXPOSITION PUBLIQUE

LE MARDI 22 JANVIER 1884

De une heure à cinq heures.

COMMISSAIRE-PRISEUR	EXPERT
Mᵉ PAUL CHEVALLIER	**M. CHARLES MANNHEIM**
10, rue de la Grange-Batelière.	7, rue Saint-Georges.

IMPRIMERIE PILLET ET DUMOULIN
RUE DES GRANDS-AUGUSTINS, 5, A PARIS.

CATALOGUE

DES

DIAMANTS-BIJOUX

MINIATURES

FAIENCES, PORCELAINES DE CHINE, ARMES

BRONZES, MEUBLES, PENDULES

HUIT BELLES TAPISSERIES GOTHIQUES

BELLES ÉTOFFES, TAPIS D'ORIENT

DONT LA VENTE AURA LIEU

HOTEL DROUOT, SALLE N° 8

Le Mercredi 23 Janvier 1884,

A deux heures.

COMMISSAIRE-PRISEUR	EXPERT
Mᵉ PAUL CHEVALLIER	**M. CHARLES MANNHEIM**
10, rue de la Grange-Batelière.	7, rue Saint-Georges.

Chez lesquels se trouve le présent Catalogue.

EXPOSITION PUBLIQUE : le Mardi 22 Janvier 1884,

DE 1 HEURE A 5 HEURES.

CONDITIONS DE LA VENTE

La vente sera faite au comptant.

Les acquéreurs payeront cinq pour cent en sus des enchères applicables aux frais.

L'exposition mettant le public à même de se rendre compte de i'état des objets, il ne sera admis aucune réclamation une fois l'adjudication prononcée.

Paris. — Typ. PILLET et DUMOULIN, 5, rue des Grands-Augustins.

DÉSIGNATION DES OBJETS

DIAMANTS

1 — BEAU PENDANT DE COL de forme ovale composé
d'un fort brillant entouré de trois rangs de diamants.

2 — BEAU BRACELET dont le corps est entièrement
couvert d'ornements exécutés en diamants et
monté en or.

3 — BRACELET porte-bonheur en or monté d'un rang
de brillants.

4 — BRACELET en or monté d'un œil de chat et de
brillants.

5 — BRACELET en or offrant dans sa partie centrale
un pavage de diamants.

6 — RIVIÈRE formée d'un rang de brillants.

7 — BAGUE d'or montée de trois brillants.

8 — DEUX BOUTONS D'OREILLES formés chacun d'un brillant.

9 — BRACELET en or avec marguerite exécutée en roses avec diamant au centre.

BIJOUX ET MINIATURES

10 — Deux pendants de forme ovoïde en or émaillé repercé à jour, et enrichis de pierreries et de perles. XVIe siècle.

11 — Douze cuillers en vermeil à manches de style gothique surmontés chacun d'une figurine d'apôtre debout.

12 — Vidrecome en argent repoussé et doré, décoré d'ornements et de médaillons de paysages. XVIIe siècle.

13 — Gobelet sur pied à balustre en argent repoussé et doré à ornements.

14 — Bas-relief en argent repoussé représentant la sainte Famille.

15 — Deux plaques en cristal de roche gravé à figures,
l'une de forme ovale, l'autre de forme carrée.

16 — Bague en or portant des caractères orientaux en
relief.

17 — Boîte oblongue à angles coupés, en or guilloché
et médaillon émaillé représentant un paysage.
Travail de Genève.

18 — Porte-tasse ou zarf en or émaillé, à côtes en
spirale. Travail turc.

19 — Médaillon ovale en or découpé et gravé renfer-
mant un camée sur agate à trois couches, tête de
Cérès de profil à droite.

20 — Deux miniatures ovales sur ivoire, portraits de
femmes.

21 — Miniature ronde sur ivoire, portrait de jeune
femme vêtue de bleu et coiffée d'un chapeau de
paille.

22 — Miniature ovale sur ivoire, portrait de femme,
les cheveux garnis d'un ruban bleu et de fleurs, et
vêtue d'un corsage jaune.

23 — Joli éventail avec monture en nacre de perle et
feuille peinte représentant divers personnages cé-

lèbres, tels que : la duchesse de Valentinois, le duc
d'Aiguillon, la comtesse de l'Hôpital, la maréchale
de Mirepoix, le prince de Soubise, la comtesse du
Barry, etc.

24 — Petite mosaïque de Rome sur fond de purpurine
et de forme cambrée représentant le Parthénon.

25 — Cachet en forme de vase en cristal de roche à
ornements gravés en relief.

26 — Trois médaillons ronds en argent gravé, à bustes
et figures dans le goût de Téniers.

27 — Miniature carrée sur vélin représentant la sainte
Famille.

28 — Éventail Louis XV avec monture en nacre,
ivoire et écaille, avec feuille peinte représentant
un sujet biblique.

FAIENCES ET GRÈS

29-33 — Sept cruches ou pots en terre émaillée de
Nuremberg, variées de forme et de décor.

34 — Plat en faïence de Rhodes, décor polychrome à
fleurs.

35 — Quatre flambeaux en faïence, formés chacun
d'un négrillon debout.

PORCELAINES DE CHINE

36 — Cinq grands plats ronds en ancienne porcelaine
de Chine à décor en rouge de fer et or. Au centre,
une large rosace et au marli, ornements lambre-
quinés.

37 — Deux potiches à couvercles en ancienne porcelaine de Chine à décor de fleurs et d'ornements en
or sur fond noir.

38 — Pot à eau en ancienne porcelaine de l'Inde à
décor de style européen et médaillons représentant
le triomphe d'Amphitrite.

39 — Deux coupes rondes en ancienne porcelaine de
Chine décor dit à mandarins de belle qualité,
garnies de montures à anses modèle rocaille en
bronze ciselé et doré.

40 — Douze assiettes et quatre plats en ancienne
porcelaine de Chine décorés en émaux de la famille rose à armoiries au centre et lambrequins
fleuris au marli.

OBJETS VARIÉS

41 — Grille Louis XVI en fer forgé, doré en partie.
Haut. 3 m. 25. Larg. 1 m.

42 — Beau fusil Louis XV avec monture richement
incrustée d'argent, canon gravé et doré, et gar-
niture en fer ciselé et doré. Il porte la marque de
la manufacture royale de Naples.

43 — Calice en cuivre doré, avec ornements rapportés
en argent. XVIIe siècle.

44 — Marteau de porte gothique en fer forgé avec
rosace ajourée et anneau orné de lézards en relief.

45 — Christ du XVIIe siècle en ivoire ; les bras man-
quent.

46 — Plaque en émail de Limoges représentant le
calvaire. XVIe siècle.

47 — Bas-relief rectangulaire en hauteur sur marbre
rouge antique représentant un sujet biblique.
Dans un cadre en marbre jaune antique. XVIIe
siècle.

48 — Enseigne formée d'une grande clef en fer doré.

49 — Petite horloge carrée en cuivre doré avec pilastres aux angles. XVIIᵉ siècle.

50 — Petite horloge de Joffroy, à Besançon, avec cage en cuivre et dessus en forme de toit.

51 — Chronomètre de marine dans sa boîte en acajou.

52 — Petite horloge japonaise avec enveloppe en cuivre gravé.

53 — Petit coucou avec monture formée de quatre colonnettes en cuivre jaune.

54 — Deux vases japonais en bronze à arbustes et animaux en relief.

55 — Deux sabres japonais à fourreaux laqués.

56 — Fusil marocain avec crosse garnie en ivoire et bois incrusté de filets d'argent.

57 — Fusil albanais garni en fer gravé.

58 — Fusil sarde également garni en fer repoussé et gravé.

59 — Kriss malais avec manche et fourreau en argent.

60 — Groupe en ivoire représentant la Vierge et l'enfant Jésus. XVIIᵉ siècle.

BRONZES

61 — Statuette de femme nue debout, en bronze, dans l'attitude de verser. xviiiᵉ siècle.

62 — Mortier fleurdelisé en bronze à arêtes saillantes et bustes en relief. xvᵉ siècle.

63 — Autre petit mortier en bronze portant des inscriptions en vieux flamand. xviᵉ siècle.

64 — Sonnette à main en bronze à ornements en relief.

65 — Deux grands flambeaux d'église à pied triangulaire en cuivre ciselé et doré. Travail italien du xviiᵉ siècle.

66 — Pendule en marbre à double cadran surmontée d'un petit buste d'Archimède en bronze doré et ornée de deux colonnettes formant thermomètres. Travail de la fin du xviiiᵉ siècle.

67 — Pendule de la fin du règne de Louis XVI en bronze ciselé, en forme de borne, avec cadran en cuivre découpé à jour.

68 — Très petite pendule en bronze doré, amour conduisant un char traîné par un chien.

69 — Deux petits bras à quatre lumières en bronze doré, modèle rocaille.

69 *bis* — Deux candélabres Louis XVI, en bronze doré, à trois lumières supportées par une figure de femme, socle en marbre.

MEUBLES

70 — Piano à queue de la fin du XVIIIe siècle, avec caisse en acajou, garnie d'ornements en bronze ciselé et doré.

71-74 — Onze devants de coffres en bois sculpté à figures et ornements de travail italien et du XVIe siècle. Ils seront vendus séparément.

75 — Glace carrée avec cadre en bois noir à moulures guillochées.

76 — Cadre en bois noir de même travail.

77 — Table de milieu en bois dur sculpté à ornements et lambrequins découpés à jour. Travail des colonies portugaises.

78 — Table ovale sur pieds à colonnes torses en bois
dur, fermant à volets. Même travail.

79 — Boîte oblongue à tiroir, en marqueterie de bois
noir sur fond clair et enrichie d'incrustations
d'ivoire.

80 — Petit meuble Louis XVI, en bois d'acajou à trois
portes et à côtés cintrés, avec dessus de marbre
brèche d'Alep.

81 — Fauteuil Louis XV, en bois sculpté, couvert en
cretonne à fond rouge

82 — Petit orgue mécanique à 54 cordes, portant sur
une étiquette l'inscription suivante manuscrite :
Gefast Michael Sichler i Neustadt, 1680.

83 — Pendule à cage en bois noir, incrusté de filets de
cuivre, et à cadran de cuivre doré, garni de car-
touches émaillés.

84 — Pendule hollandaise, avec cage en bois noir et
cadran décoré d'ornements en cuivre argenté.

85 — Très petite pendule, avec cage en bois noir.

86 — Pendule hollandaise en marqueterie de bois à
fleurs et avec cadran marquant les quantièmes.
Époque Louis XV.

87 — Pendule à cage en bois noir, rehaussée de parties dorées et avec cadran en cuivre repoussé. xviiie siècle.

88 — Pendule à cage en racine de bois et cadran orné de quatre têtes de chérubin, rapportées en cuivre.

89 — Pendule à cinq cadrans et cage en bois noir, avec colonnes torses aux angles. Elle porte le nom d'*Augustinus Ambacher*. xviie siècle.

TAPISSERIES

90 — GRANDE ET BELLE TAPISSERIE GOTHIQUE à sujet composé d'un très grand nombre de figures. Belle conservation. Hauteur 4 m.; largeur 8 m. environ.

BELLE ET TRÈS CURIEUSE SUITE DE SEPT TAPISSERIES gothiques représentant des sujets mythologiques, allégoriques et religieux, composés d'un grand nombre de figures en riches costumes du xve siècle :

91 — Hauteur 3 m. 20 cent.; largeur 3 m. 90 cent.

92 — — 3 30 — 3 60

93 — — 3 20 — 1 95

94 — — 3 40 — 1 75

95 — Hauteur 3 m. 3o ccut.; largeur 4 m. 85 cent.
96 — — 3 3o — 2 40
97 — — 3 35 — 2 25

98 — Deux tapisseries verdure de la fin du xvie siècle avec bordures.

99 — Portière formée d'une tapisserie de Flandre à deux personnages.

ÉTOFFES

100 — Grand et beau couvre-lit en toile t ès richement brodé en soie écrue. Travail des colonies portugaises,

101 — Autre grand et beau couvre-lit en satin crème richement brodé à ornements et fleurs en soie de couleur. Il est garni d'une bordure de passementerie et de glands en soie.

102 — Couvre-lit ou tapis de table en étoffe brochée à fleurs et ornements sur fond rouge orangé.

103 — Couvre-lit en toile brodée à fleurs et ornements en soie de couleur. Travail des colonies portugaises.

104 — Autre grand couvre-lit en toile brodée à fleurs et ornements en soie de couleur, mais plus riche que celui qui précède. Même travail.

105 — Beau couvre-lit en toile, brodé à fleurs et ornements en soie jaune d'or. Même travail.

106 — Six coupes de soie blanche brochée à ornements et fleurs en soie de couleur.

107 — Chasuble en brocart d'or et à fleurs brochées
en soie de couleur sur fond blanc.

108 — Couvre-lit en soie rouge brique, brodé à
vases de fleurs et ornements. Travail des colonies
portugaises.

109 — Tapis de table en soie rosée, brodé à fleurs et
ornements en soie polychrome et encadré d'une
large bordure en filet brodé.

110 — Coupe de belle étoffe brochée à fleurs en
soie de couleur sur fond crème.

111 — Tapis de table en étoffe brochée à rosaces
bleues sur fond gris perle.

112 — Coupe de soie blanche brochée à fleurs et ornements en soie de couleurs.

113 — Tapis en grosse tapisserie à dessins jaunes et
bleu clair sur fond bleu foncé.

114 — Rideau ou portière à fond ponceau et fleurs et
broché en soie de couleur.

115 — Tapis de table en drap gris richement brodé et
soutaché en soie de couleur à fleurs, ornements
et rosace.

116 — Vêtement oriental noir décoré de rosaces et de
bandes brodées à fleurs et ornements en soie de
couleur et or.

117 — Tapis de table en soie blanche brodé à fleurs,
oiseaux et corbeilles de fleurs en soie de couleurs.

118 — Cinq petits morceaux de tapisserie au point à
fleurs en couleur sur fond rehaussé de parties
métalliques.

119 — Petit tapis carré en étoffe de soie brochée à
ornements et fleurs en couleurs et or sur fond
vert.

120 — Bel habit Louis XV en velours ponceau frappé,
enrichi de broderies en soie de couleur à fleurs et
ornements.

121 — Jolie aumônière richement brodée en or et
portant un écusson armorié.

TAPIS

122-128 — Sept tapis de Perse de dimensions et de
décors variés.